LUCY
La femme verticale

DU MÊME AUTEUR

Flammarion

Poésie

Cérémonial de la violence
Textes pour un poème (1949-1970)
Fêtes et Lubies
Poèmes pour un texte (1970-1991)
Par-delà les mots (1991-1995)

Romans

Le Sommeil délivré
Le Sixième Jour
Le Survivant
L'Autre
La Cité fertile
Nefertiti et le rêve d'Akhnaton
Les Marches de sable
La Maison sans racines
L'Enfant multiple
Les Saisons de passage

Nouvelles

Les Corps et le Temps, *suivi de* L'Étroite Peau
Mondes Miroirs Magies
À la Mort à la Vie

Théâtre

Théâtre I (Bérénice d'Égypte — Les Nombres — Le Montreur)
Théâtre II (Échec à la Reine — Le Personnage)

Éditions Flohic

Géricault

Éditions Maren Sell/Calmann-Lévy

La Femme de Job

Éditions Paroles d'aube

Rencontrer l'inespéré : entretien avec Annie Salager et Jean-Pierre Spilmont

Alternatives

Le Jardin perdu

Folle avoine

Sept plantes pour un herbier
Sept textes pour un chant

Marc Pessin

Le Grain nu

Fata Morgana

États

Andrée Chedid

LUCY

La femme verticale

Flammarion

© Flammarion, 1998
ISBN : 2-08-067551-6

*Et tu comprends soudain la femme verticale
Et tu comprends son désir d'horizon.*

                        Marc Delouze

*Chaque rencontre nous disloque
et nous recompose.*

          Hugo von Hoffmanstahl

*À Louis
de tous les temps*

L'APPEL

Enfouie dans l'épaisseur du temps, perdue au creux des millénaires, suspendue par moments aux branches d'un arbre, je vais, je viens, j'appelle. Je cherche à me faire entendre, à m'approcher.

Me faire entendre de qui ? M'approcher de quoi ? Un désir m'entraîne, un cri m'élance hors de moi-même, au-devant des âges. Je cherche à rejoindre. À te rejoindre, toi, là-bas, si loin, à des millions d'années. Toi, mon enfant d'un autre temps.

Quand je fixe l'horizon, tout s'embue, au-dehors comme au-dedans. J'existe à la fois, en de strictes limites et dans le flasque, le pâteux. Je flotte et me débats dans une étrange fongosité. J'essaie, de toutes mes forces, de transpercer ce flou, ce spongieux, de glisser à travers ces mailles inertes et molles. Puis, exténuée, j'abandonne. Je me couche, ventre au sol. Je m'étale, je renonce.

Mais chaque fois me reprend, me ressaisit la nostalgie de cet appel, de ce cri, de sa nébuleuse et contraignante attente. Sans lui ne suis-je plus moi-même, ne suis-je plus rien ?

Je ne sais d'où vient et d'où monte cet appel. Mais il surgira encore et encore ! Il s'élèvera, il se dressera en moi. Il me redressera ; et je m'y agripperai.

Je retiendrai ce désir surgi du fond de ma chair. Je l'étreindrai jusqu'à son accomplissement.

* *
*

Plus tard, bien plus tard, mes discordances s'accorderont, mes dissonances s'harmoniseront, mes vagissements deviendront des mots, mes braillements se changeront en paroles. Plus tard, bien plus tard, nos chemins se feront écho.

Les ligaments de mes genoux se tendront, mes paumes quitteront terre, mon échine s'étirera. La cage de mes vertèbres se haussera, entraînant mes reins, mes hanches.

Enfin, debout. Pour la première fois : debout, j'entamerai ma longue marche... Celle qui annonce tous les hommes.

Tous les hommes. J'ai dit : tous ! Ceux d'ici, ceux d'ailleurs, ceux de chaque lendemain. Ceux qui espèrent que je devienne pour devenir. Ceux qui attendent pour exister que j'existe.

Il m'est donné — moi, si lointaine, si incomplète — d'ouvrir une brèche, de tailler vers vous un chemin qui me dépasse.

Taraudée par une secrète lueur, animée par des pulsions, des élans qui se déplacent de mon sang à ma tête et à mes membres, en des remous troubles et foudroyants ; il m'a été donné d'être l'amorce, le fondement de votre humanité.

*　*
*

J'aborde, par ta voix du deuxième millénaire, ce bizarre récit. À travers cette voix que tu me prêtes, je débroussaille et me taille passage vers une histoire qui m'épouvante et me séduit.

Rebroussant chemin, captivée à ton tour, tu dévales les âges à la rencontre de ma face simiesque. Tu t'abrites au fond de mon regard, vague, chancelant ; mais qui, déjà, te contient.

Te penchant au-dessus de moi pour abolir le temps et les distances, tu reconnais en mes yeux, en mes gestes, en mes signes, des bribes de ta future présence en ce monde, des parcelles de notre commun avenir.

Tu diras, tu inscriras, tu raconteras, pour moi, à travers la parole. Cette parole qui a choisi les humains et qu'à votre tour vous avez élue. Cette parole que tu me prêtes pour m'exprimer.

Pour accéder au présent, je me dévoilerai au fil de tes mots. Je me faufilerai dans ton langage. Je pénétrerai dans ta peau. Je m'y reconnaîtrai. Je m'insinuerai — par murmures, par éclats, par flux et par reflux — au fond de tes gouffres, à la crête de tes songes.

Je fais confiance à tes inclinations, à tes pressentiments. J'accepte tes angoisses ; tes chimères, comme tes partialités.

Je viens de loin, de si loin, par-delà vos perspectives, bien au-delà de vos saisons. Je m'achemine vers toi, par millénaires, à une lenteur infinie.

Mon œil, pathétique ou joyeux, manifeste, n'en doute pas, que je suis ton aïeule. Nous naquîmes, les uns et les autres, d'une même poussière d'étoiles.

Mais parviendrai-je à resserrer l'écrou de mes genoux, à tendre mes bras vers l'avant ? Mon dos se maintiendra-t-il à la verticale ? Saurai-je garder la nuque droite et me défaire, peu à peu, de mon vêtement de poils, et des plissements rosâtres de ma peau ?

Au commencement étaient la fable et le réel ; leur alliance est indéfectible. M'adressant à toi, utilisant ta voix, je veux prendre corps, dans ton existence comme dans tes songes.

* *
*

J'entre en vie, il y a trois millions d'années.

Tes contemporains retrouveront les traces de mon passage. Il faudra désormais en tenir compte.

Tous mes os n'auront pas été réduits en cendres. Sous leurs pioches, en un même lieu, des morceaux de mon squelette surgiront de terre : un fragment d'épaule, un morceau de pelvis, des côtes, quelques vertèbres, un bout de mâchoire...

Soudain, à vos yeux, j'existe !

Enivrés par leur découverte, ces chercheurs danseront joyeusement autour de ma sépulture. M'introduisant dans votre univers — où la notoriété tient une si grande place — ils me nommeront « Lucy », titre d'une chanson en vogue.

Je me suis faite à ce vocable qui me projette à l'avant-scène de vos représentations. Il m'est devenu, comme à vous, familier.

J'en éprouve par moments une gêne ; une envie de fuir vos règles et vos classements. Un regret de l'anonymat, du mystère, m'envahit. Aussi le désir de m'effacer dans l'oubli, de me dissoudre dans l'éternel sommeil.

Mais il est trop tard ; le projet est en marche. Je suis ici : découverte !

J'ai émergé. J'émerge. Quel que soit mon rôle, je jouerai ma partition jusqu'au bout.

* *
*

Qui m'a donné le jour ? Qui m'a placée au seuil de votre lignée ? Suis-je à l'origine de votre humanité, moi qui ignore le bien comme le mal, la parole comme la raison, le remords comme l'interrogation, le sens intime de vivre et de mourir ?

Il semble que mon corps défunt, avec son embryon d'âme, sa pellicule d'esprit, habite et hante le vôtre. Alors, il me paraît que la destination de ma chair est votre chair ; que mes gesticulations s'élargissent vers vos gestes, que mes simagrées débouchent sur votre rire, mes sautillements sur vos enjambées.

Ce pari est-il jouable ? La réponse m'échappe ; mais je sais qu'il faut la risquer. Quelle qu'en soit l'issue.

* *
*

Tributaires de la vie, il nous faut aller. Mais vers où, et d'où ? Le découvrirons-nous un jour ?

Pourtant il faut aller. À la recherche d'un sens trouvé, perdu, retrouvé, reperdu ? Peut-être vers la simple affirmation d'un non-sens ?

Je balbutie à travers toi. Ce qui me tient lieu de pensée se débat pour s'extraire de cette cervelle en gestation ; de cette pulpe flasque, engourdie, encastrée entre mes tempes.

Rien de suivi, de continu n'est à ma portée. J'ai des vides, des trous à l'intérieur du crâne. Ma substance grise est réduite. Ses sillons, ses lobules incomplets ; leurs connexions mal assurées. Cette matière impalpable, que tu nommeras « esprit », ne réagit en moi que par bonds ou par reculades. Je balance entre étincelles et calcination, essor et somnolence.

Tu m'explores, tu sondes ce temps qui nous sépare. Tu chasses en plaines obscures. Souvent découragée, tu rejettes ces signes qui te morcellent, ces messages qui t'étourdissent.

Tu souhaites faire le vide pour franchir subitement toutes les frontières. Pour me rejoindre d'un seul coup : face à face.

Tu voudrais traverser le brouhaha des mondes avec leurs clameurs, leurs gémissements, leurs détonations ; tout leur charivari !

Tu souhaiterais m'observer, tranquille, tandis que je vais et viens parmi des bruissements familiers, le sifflement des chauves-souris, le crissement des feuilles, le hurlement des hyènes, le coassement des batraciens. Tu aimerais me protéger, tandis que je fuis la panthère aux griffes puissantes ou bien me réfugie, terrifiée, dans les buissons ou au sommet d'un arbre.

Parfois blottie dans l'épais feuillage d'un acacia, tu te plairais à me veiller, tandis que je me cache d'un ennemi, ou que je me laisse bercer par un chant de tourterelles.

On chante alentour ! Depuis toujours la terre chante. Sauras-tu l'entendre, ce chant ?

La terre chante depuis le début des mondes, en mesure, en cadence. Son rythme me possède. Je lui appartiens. En équilibre sur une robuste branche, je me balance, voluptueusement, à l'unisson de ces sonorités.

* *
*

Les moustiques me réveillent aux aubes. Pour leur échapper, je me déplace d'un rameau à l'autre, cueillant au passage un fruit, une feuille gorgée d'eau. Je crie de plaisir. À tue-tête.

Le soir, je parcours la savane. Je rencontre des flamants roses, des pélicans suivis d'une meute de canards. Zèbres, antilopes, girafes me croisent. Je m'écarte d'un troupeau de mammouths.

La beauté du site avec ses forêts, ses collines me trouble. Je la célèbre par des clameurs, des cabrioles.

Ma condition devrait me satisfaire. Pourtant, de ce monde à mes mesures, surgit sans cesse, comme une brûlure, le désir de me dresser sur mes pattes arrière, de porter mon regard sur de plus vastes horizons. D'où me viennent cette tentation, cet appel ? Qui me domine ainsi ?

Sauras-tu m'éclairer ?

* *
*

Je suis courtaude, chétive ; une ancêtre que tu pourrais tenir sans peine dans tes bras. La plupart des plantes me toisent et me protègent. Tapie au milieu des herbes, je peux, grâce à ma petite taille, m'abriter des colères d'un ciel souvent rageur.

Je suis malingre, ratatinée. Pourtant c'est moi, ta racine, fixée dans la motte du temps.

Moi, l'humble aïeule, empêtrée et confuse, celle qui te fait signe et s'agite entre ténèbres et clartés.

Me voici : immémoriale !

Me voici, tourmentée par cette flamme tenace qui me lie, irrévocablement, à vos lendemains.

* *
*

Devançant ma troupe, ou marchant derrière elle, je tente souvent de m'isoler.

Seule, je suis bien. Je flâne, je folâtre, je me divertis. Grâce à mes longs bras, à mes dents broyeuses, je grappille de-ci, de-là ; je me régale d'insectes sans ailes, de larves, d'écorces, de fruits, de vers, de tubercules. Je me gave, jovialement.

Repue, je retourne vers mon arbre favori. Avant de m'abriter dans ses branchages, j'enserre son tronc et m'y frotte pour d'autres plaisirs. Je n'ai ni pudeur, ni impudeur. Cet arbre est mon refuge et ma jouissance.

D'autres fois, si la solitude m'étreint, j'appelle mes compagnons à la rescousse. Ils accourent.

Nous formons très vite une bande, une communauté ; ensemble nous sommes plus forts pour nous défendre contre les grands prédateurs, lorsque nous partons vers de nouvelles équipées.

Sur place, nous retrouvant, nous nous épouillons avec entrain. Culbutes et roulades se multiplient. Autour de ma bouche les tendons s'étirent de contentement ; mais aucun rire n'orne ma face.

À toi, ma très lointaine, d'articuler ce qui, en moi, m'échappe. À toi d'interpréter ce qui, en moi, demeure obscur. À toi de déchiffrer sur ma face la nature de mes humeurs.

Mes compagnons me sont nécessaires, comme tu l'es devenue. Toi, ma si proche, ma dissemblable, mon essentielle. Toi, que je porte déjà dans mes flancs.

La terre gardera mémoire de mes pas. La boue durcira pour conserver mes empreintes. Sauront-elles te décrire mes tâtonnements, mes efforts ; et cet indestructible élan vers votre humanité ?

* *
*

Blottie dans mon arbre, la tête à l'ombre, mes yeux papillotent au gré des caprices du soleil entre les branches. J'offre mon ventre à ses délectables rayons.

Plus tard, accroupie au bord d'un étang, je m'enfonce joyeusement dans le tapis végétal, je trempe mes pattes avant dans l'onde pour m'asperger le front.

Flottant sur l'eau, une image m'assaille. Je l'effleure de mes doigts, elle frissonne. J'insiste, elle se trouble, s'embrouille, se décompose sous les bulles d'eau ; disparaît, reparaît, me narguant. Perplexe, apeurée, je recule. Revenue sur mes pas, je fixe longuement l'étang, d'un air hébété.

La surface s'apaise, l'image se recompose. Je m'y habitue, je ne la quitte plus des yeux. Intriguée, rassurée, je fais des gestes qu'elle recopie. J'agite la surface de l'eau, j'y précipite des poignées de terre.

Je fais, je défais l'image. Ce jeu m'enchante.

* *
*

De toute ma tribu, je suis seule à soutenir cette gageure. Aucun des miens n'est obsédé par l'impérieux besoin de se tenir debout.

Je cherche des apartés pour me mettre à l'épreuve.

À chaque essai, je titube. Maladroite, je m'évertue à me redresser et, de nouveau, m'écroule.

S'apercevant de mon absence, mes compagnons reviennent sur leurs pas, m'encerclent, me houspillent, me poussent avec des cris stridents.

Ils posent leurs mains sur mon échine, font pression pour me forcer à retrouver notre posture commune : à quatre pattes.

Leur poids sur mon dos, mes épaules, est écrasant. Je m'incline. Mes genoux cèdent, ma tête retombe, ma nuque se courbe.

Une fois de plus, je subis la loi. Une fois de plus, je rejoins le troupeau.

Singe parmi les singes, je me résigne à n'avoir d'autre perspective que celle de ce terrain mille et mille fois parcouru. De n'avoir d'autre maintien que celui de mes semblables.

Je me résigne à vivre sous le joug, au jour le jour, loin du risque et sans le vertige des lendemains. Protégée, rassurée, je plonge dans la torpeur et me laisse envahir par des ondes alanguies, des sensations viscérales.

Durant toute une période, le fil conducteur s'égare. J'efface l'avenir.

Momentanément réduit au silence, le désir cependant se perpétue. Imprimé dans mes veines, il refera surface, et se taillera passage une fois de plus.

Je me déplace ainsi de l'assoupissement à l'éveil, de l'insouciance au désarroi.

J'ai faim, j'ai mal. J'ai colère ou peur. Soudain, l'émotion me saisit ; mon bras enlace l'épaule d'un compagnon, le sien encercle ma taille. Mes yeux s'embuent. Je me trouble. Je me réjouis. Je me quitte. Je me rejoins.

Je traverse des tumultes qui laissent ou ne laissent pas d'empreintes. J'ai joie, chagrin, appétits. J'ai indifférence ou attente. J'ai soif ou satiété.

**
*

Existe-t-il une puissance qui m'aiguillonne ou m'entraîne ? Une force qui aurait des visées sur mon destin et le vôtre ? Une énergie qui me contraindrait à me tenir debout ?

Mais sur deux pattes, j'avancerais, à pas mal assurés dans un déhanchement ridicule, ne serais-je pas alors en complet déséquilibre avec l'ordre du monde ? Dans cette posture, comment pourrais-je détaler face à l'ennemi ?

Tout ceci se présente mal. Pire qu'un désordre ; une menace, un danger.

Pourtant, je tenterai l'aventure. Encore, encore, et encore, je la tenterai.

Si je savais rire de mes extravagances, cela m'aiderait. Mais ma face ne témoigne ni de la joie, ni de la moquerie. Sa gamme d'expressions est limitée : la crainte, l'étonnement... C'est à peu près tout !

Je ne sais, non plus, rien associer. La part d'esprit qui m'est dévolue ne se déplace que par instantanés. Je suis, impérativement, astreinte à traverser une rivière en sautant d'un galet sur l'autre, avec de constantes reculades, de perpétuelles avancées.

**
**

Ta voix appelle. J'entends « Lucy ! ». Ce nom résonne à mes oreilles. Tu cries : « Lucy, Lucy » pour m'extraire du magma des âges ; pour tracer, dans les deux sens, ce chemin qui nous relie. Pour mieux te comprendre, tu cherches à me découvrir.

Tu voudrais saisir la clé de nos parcours. Déchiffrer quelques éléments de ce qui fait la vie. Traduire ce « moi » que je deviens à travers « toi ». Ce « toi » qui contient des parcelles de ce que je suis.

Tu voudrais apprendre, connaître. Tu n'y parviendras que par fragments. Tu chercheras à interpréter, à décrire. Le mystère n'aura pas de fin. L'énigme demeure toujours.

Il faudra, en fin de course, t'en satisfaire.

**
**

En chemin, écoute ma voix souterraine, avec ses turbulences. Recueille quelques bribes, quelques frémissements. Prête-leur tes propres paroles. Mire-toi au fond de mes abîmes. Compatis à mes combats. Saisis les frêles signes que je tente de te faire parvenir.

Ainsi, par touches, ma chair parlera à la tienne. Ainsi, par éclairs, tu te reconnaîtras dans mes yeux.

Découvre-moi dans ce cœur qui modèle son rythme sur celui de l'univers. Saisis et retiens ces infimes lueurs, toujours prêtes à s'éteindre mais qui éclairent et durent d'âge en âge.

Pour maintenir cette flamme, je livre un incessant combat. Donne-moi ton attention, ton écoute, car je lutte aussi pour toi, pour vous.

Je lutte pour atteindre l'instant où, debout...

Debout, mes bras libérés du sol, mes mains affranchies éveilleront, peu à peu, ce cerveau somnolent, jusqu'à l'amorce d'une pensée continue, créatrice.

* *
*

Sur mes terres, tantôt accueillantes, tantôt hostiles, je déambule, de l'aube au soir.

Je me méfie du crocodile à sang froid que l'énergie solaire pénètre à travers ses écailles ; son réveil peut devenir meurtrier. Je m'écarte des serpents, qui se nourrissent d'oiseaux et de lézards. Je redoute leur venin qui foudroie.

Quelques-uns de mes compagnons se sont figés sous mes yeux ; leurs corps se sont dénaturés ; la puanteur a fait fuir notre troupe. Je m'obstinais à toucher ces chairs ankylosées et muettes, à gémir autour d'elles, à tenter de les faire remuer. En vain. Découragée, je rejoignais enfin ma tribu.

J'appréhende les hyènes, dont je repère l'odeur. J'accompagne les gazelles, les antilopes naines. Je marche à distance de l'éléphant. En cours de route, je me régale de termites blanchâtres, recueillis sur un mince bâtonnet. Je fouille souvent le sol, afin qu'il m'accorde tout ce qu'il peut m'accorder.

Le crépuscule m'enveloppe. Le corps las, je me fonds dans l'épaisse et noire coulée des nuits.

Je grandirai. Tu verras !

Ma taille s'allongera. Mon cerveau s'accroîtra. Mes émotions se multiplieront. Je suis, nous sommes, un silo de pensées, un réservoir d'idées, une citerne d'interrogations.

Que ferez-vous de ces dons que je m'acharne à vous transmettre ? Qu'en ferez-vous ?

Tandis que mes genoux s'affermissent, je vous pressens, mes enfants d'un autre âge. Je vous entrevois avec émerveillement, avec horreur. Je vous serre contre ma poitrine velue et du même geste je vous repousse ; vous qui célébrerez vos morts, mais produirez mille cruelles façons de vous exterminer et de disparaître, avant que la nature ne vous interrompe.

Mais je dois rester joueuse, innocemment joueuse.

Je me contenterai d'être votre racine et de risquer, malgré mes défiances, notre nécessaire destin.

Je dois parier sur vous.

Il le faut. J'y suis contrainte.

* *
*

Pour ouvrir la brèche qui vous livrera passage, j'assemble mes forces. Je m'élève, et sans cesse retombe.

Je commande à mes épaules, à ma croupe, à mes jambes. Je règle l'articulation de mes coudes, je maintiens mes bras à mes côtés. Tout passe par mon corps et sa ténacité.

Sais-tu combien chacun de ces mouvements exige d'opiniâtreté et d'efforts ?

Mais tu peux miser sur moi. Je suis de race fougueuse, et malicieuse. Ma chair recèle d'infinies possibilités.

Je joue avec mes compagnons. Je chicane l'eau et les branches ; je taquine l'insecte que je vais bientôt engloutir. Je fais l'amour. Je fais la morte. Je glisse de l'engouement à la mélancolie ; du jeûne à la gloutonnerie, de la passivité à l'entrain. Je batifole avec ma bande. Je refais l'amour. Je deviens farouche. Maussade, j'erre loin des miens. La torpeur m'accable, je cède à l'abattement. Le plaisir me ressaisit et de nouveau m'aiguise.

J'ai des fluctuations, des intempéries. Je te précède. Je te fonde. Tout mon être me projette vers toi.

Graduellement, je te nouerai à la mouvante, à la très remuante vie.

* * *
*

Notre histoire n'est-elle que du vide ? Notre chair, que tourbillon d'énergies ? Portons-nous les stigmates de cette vacuité ? Ne sommes-nous qu'un grouillement fictif, qu'une puissance inflexible reliée à l'univers ?

La vie te paraîtra tantôt redoutable, tantôt souveraine. Tu t'inventeras des croyances par besoin de te rassurer. L'énigme, si tu t'y accordes, devrait suffire à combler ton passage sur terre.

* *
*

Je parcours d'énormes distances avec mes compagnons-chasseurs. Nos exercices nous fortifient. Parfois prédateurs, nous nous rassasions et consolidons, en toute candeur, nos corps du corps des autres.

D'autres fois je fixe les astres. J'élève un bras, je tends la main pour saisir une étoile. Ma paume ridée en cache une, puis une autre. L'étoile disparaît, renaît, selon mon caprice.

Je commande à la voûte céleste. Ce pouvoir me comble.

Imperceptiblement, ta substance se fait jour. Je te mets au monde à n'en plus finir...

* *
*

Particule dans ce gigantesque univers, je suis ce matériau d'où tu surgiras.

D'abord bactérie ; puis algue flottante, créature d'eau ; je m'apparente, plus tard, au poisson, qui se vertèbre ; ensuite aux petits mammifères terrifiés par les dinosaures.

Ces colosses périront tandis que, de métamorphoses en métamorphoses, je me perpétuerai jusqu'à vous.

* *
*

Je marche du même pas que les miens, et me plais souvent en leur compagnie.

Soudain, j'hésite. Les autres me poussent pour me faire avancer. Je recule, j'oscille. Un appel sourd, persistant, m'oblige à me séparer du groupe. Je les fuis et me cache.

Mes pattes arrière se tendent, mon dos s'étire. Mes pattes avant quittent le sol, retombent aussitôt. Mes bras sont trop longs, mes jambes trop courtes. Mes doigts trop incurvés.

Qu'est-ce qui me contraint, sans cesse, à me dissocier ; à rompre d'avec les miens ?

Je me redresse, je retombe. Je m'élève, je m'affaisse. Mes yeux s'embuent. La sueur m'envahit.

La troupe me découvre, me harcèle de ses grognements, m'entoure pour me remettre au pas.

Quoi qu'il advienne, je poursuivrai mon action secrète. Je ne peux me soumettre, ni renoncer.

J'enfanterai en ma onzième année. La mort me rattrapera à la fleur de l'âge.

En ce bref espace, que de choses à accomplir, à transmettre...

* *
*

Je me suis battue pour quelques figues que l'on cherchait à m'arracher. Perchée dans les branches de mon arbre, je les savoure. La brise me taquine agréablement.

Avec tes mots, imagine mes sensations, formule mes émois, détaille mes perceptions intimes, découvre les peurs qui m'empoignent, dévoile les odeurs qui m'attirent, le plaisir qui me parcourt. Décris cette animalité que tu auras en partage, ces violences dont tu ne pourras te dissocier. Retrouve-moi. Invente-moi. La vérité n'est pas étrangère à tes affabulations.

Plonge au fond de tes puits les plus obscurs. Chevauche tes aubes les plus claires.

**
*

Est-ce l'Éden, ici ? À voir combien je résiste à en sortir, tu pourrais le croire.

Faut-il que je m'acharne à créer votre monde et ses luttes ininterrompues ? La connaissance que l'on vous inflige n'est-elle pas d'un prix excessif ? La parole ne m'arrachera-t-elle pas aux silences salvateurs ?

Quel est le but de cette poursuite ? Quel horizon nous offrira ce détour ? N'est-ce qu'une dérive pour rejoindre, en fin de course, notre poussière commune ?

**
*

Je me redresse. Mes yeux quittent le sol, mon regard s'élargit. Mon corps se tend. Ma main, au pouce aligné, cherche une autre fonction.

Aucun des miens n'esquisse ces mouvements-là, ces gestes-ci.

Le vertige me prend. Je retombe, lourdement, sur mes quatre pattes.

* *
*

Durant de longues périodes, je me contente de l'étroit territoire dont je sais les repères. Dans les limites de notre domaine, je ne me sens nulle part exclue.

Mais je suis requise ! Contrainte d'ouvrir la marche, de frayer le chemin.

Debout, qu'arrivera-t-il ? Saurai-je m'orienter, distinguer les frontières de mon corps, me familiariser avec ce territoire élargi ?

Les miens m'auront tant enseigné. Auprès d'eux, j'aurai cherché et trouvé refuge contre les déchaînements de la nature, la rage des vents, la fureur des tornades, les détonations de l'ouragan. Ils m'auront appris à distinguer une herbe de l'autre, un fruit d'un autre fruit, tel insecte, telle bête rampante.

J'aurai pénétré, avec les uns, dans l'épaisseur rougeâtre de l'automne. Avec d'autres je me serai baignée dans l'eau verdâtre du fleuve ; j'aurai lapé la surface des étangs. J'ai poursuivi mon apprentissage. J'ai vu couler le sang. J'ai découvert ces formes raides, inanimées, que sont devenus certains de mes compagnons.

Aucun cependant ne m'a initiée à ce redressement du corps. Guidée par cet instinct sournois, est-ce que je ne trahis pas mes frères ?

Dois-je rompre ce lien avec ma lignée ? Entre nos solidarités et vos promesses, où est l'écueil, quelle est la voie ? Si j'accomplis le périlleux exercice, qu'aurai-je gagné ? Suis-je une création achevée de la nature, ou une ébauche de vos destins ? Vous, si loin, si loin devant, à des millénaires. Vous, que j'entrevois à peine. Vous, que j'appréhende souvent.

* * *
 *

J'écoute l'oiseau. Son chant éveille d'autres chants qui varient suivant le groupe. Leurs gazouillements sont dissemblables et variés.

Je trébuche sur un oisillon tombé du nid. Séparé des siens, celui-ci n'apprendra jamais à pépier. S'il parvient à rejoindre d'autres familles d'oiseaux qui se croisent dans le vent, il ne saura partager le chant qui les unit. Et moi, que fais-je d'autre que rompre mes liens, que m'exiler ?

J'ai vu d'autres oisillons chuter en plein vol, et se figer au pied des roseaux. J'en ai ramassé, balancé d'une paume à l'autre pour les ranimer. Ils demeuraient inertes. Je les ai lancés contre le ciel. Ils retombaient, pétrifiés.

Alors j'ai su ce qu'était la fin de tout mouvement. J'ai vu la vie s'éteindre.

* *
*

Notre aventure commence il y a des milliards d'années. Une explosion rompt l'immobilité, repousse l'obscur. Les astres prennent place. Les océans se déversent. Les continents s'ajustent.

Combien a-t-il fallu d'ellipses et de rotations, combien de glaciations et de bouillonnements, combien d'impulsions et d'embrasements ? Combien de fossiles et de schistes, de creusements et de soulèvements, pour que nos terres fragmentées se rassemblent ? Combien de gâchis et de prodigalités ; d'embranchements et de risques, pour qu'apparaissent et se différencient nos vivantes cellules ?

Surgissant à travers tant de connivences et tant de morcellements, la vie se joue-t-elle sur des lois, ou sur l'imprévu ?

Face au temps démesuré qui nous précède, au temps sans mesure qui nous suivra, nous sommes soudain très proches, toi et moi.

Tellement proches. Fraternelles. Étroitement apparentées.

Ainsi j'emprunte ta voix sans réticence. Ainsi, sans résistance, tu te glisses dans ma peau.

* *
*

On me nomma d'abord : « Australopithecus afarensis ».

Les savants discutèrent sur la largeur de mon bassin ; quelques-uns soutenant que, d'aspect plus mâle que femelle, je ne pouvais donner naissance.

Ils se demandèrent si votre origine n'était pas ailleurs. On m'ôta le rôle d'initiatrice. On me désigna sous d'autres noms.

Puis, les raisonnements s'inversèrent. De nouveau, on me concéda le droit d'aînesse.

Laissons ces érudits à leurs spéculations, et vivons l'incomparable aventure qui donne consistance à la trame des jours.

Tends-moi tes mains, prête-moi ton oreille. Pénètre ma chair comme je pénètre la tienne. Dévoilemoi à travers tes paroles et ton émotion. Grave-moi dans ton esprit et dans tes mots.

Convoque-moi ! Je me rendrai à tes appels. Raconte-toi à travers ma face et mes gestes singuliers. Émeus-toi de cette obstination à te rejoindre, de mes efforts acharnés pour transpercer les brumes qui nous séparent.

Raccorde nos pas, rétablis l'unité perdue. Greffe ton sort au mien. Lie ton destin à celui d'un univers gigantesque, voué à disparaître lui aussi. Comble les distances. Reconstitue l'étendue. Accorde ton souffle aux prodigieuses ressources que nous offre l'existence.

D'où vient-il, où va-t-il ce monde ? Qui nous l'a donné ? Nous l'a-t-on donné ?

Est-il perfectible, ou bien s'achemine-t-il vers sa destruction ? A-t-il un sens ? Ou n'est-il qu'aveugle, accidentel ?

J'écarte l'étoffe du temps pour me faire entendre. À travers erreurs et vérités, raconte-moi. Dépiste-moi à ta façon, naïvement, lyriquement, avec mesure ou fougue.

Je te suivrai et me redresserai, c'est promis.

Je me tiendrai debout. Mes os s'ajusteront. J'élargirai le champ de mon regard.

Je ne vous priverai pas de cette vie qui vous réclame. Vous serez. Vous existerez. C'est dit.

De ma face à la tienne, de mon corps à ton corps, de mon faible entendement à tes interprétations, laisse les mots procéder par touches, et par inclination.

* *
*

Après des secousses géologiques, des températures extrêmes, des pluies torrentielles, marécages et forêts recouvrent nos sols. La terre devenait habitable.

J'ai vu le jour au cœur d'un monde végétal. J'ai gambadé parmi la luxuriance des arbres. J'ai couru au milieu des herbes, des fleurs, des fruits. Tout était abondant, fertile.

L'eau disparaissait par périodes. De vastes surfaces se déboisaient, les marais s'asséchaient. Nous abandonnions nos régions pour partir à la recherche de terres humides.

Que de détours, que de cheminements, pour arriver jusqu'à vous ! Quelles que soient les dates que vous présumerez, le nom dont vous m'affublerez, je m'entêterai à vous garder pour cible.

* *
*

Je naquis moins poilue que mes semblables ; le ventre, les pattes recouverts de plaques rosâtres et plissées. Par d'autres marques plus impalpables, je me différencie de mes compagnons.

À cause de ces disparités, les plus impitoyables ont tendance à m'écarter. Apeurée, je cherche refuge auprès des moins féroces.

Lorsque la solitude se prolonge, une hardiesse étrange montant de mes viscères s'empare de moi. Je me sens comme soutenue, investie.

Je m'approprie cette solitude, je m'y rallie. J'en nourris mes audaces.

Isolée, je m'oblige au douloureux apprentissage, tandis que mes compagnons, prestes, agiles, sur leurs quatre pattes, me défient.

Se détachant de la troupe, l'un d'eux s'approche et me renverse. Dans un accès de rage il me maintient au sol. Je me débats, il me pénètre.

J'ai, parfois, avec l'un ou l'autre, partagé la houle du plaisir.

Mais la véritable prégnation ne se produira que lorsque mon corps, solidement maintenu à la verticale, donnera lieu à une naissance sans précédent.

Le temps fuit. J'existe en des jours sans parois. Je vais où conduisent mes pas. J'avance par bonds, et par replis.

Je parais à la dérive, mais une force me contraint, une nécessité s'impose. Un appel me conduit.

* *
*

Bientôt, je n'en doute plus, je marcherai sur mes deux jambes. Bientôt, j'avancerai. Bientôt, la rencontre.

Notre réunion nous mènera de continents en continents. Partout, nos pas laisseront des traces.

Plus tard, nous lèverons les yeux vers le ciel et ses astres magnétiques. Il nous restera, plus tard, à gagner l'espace. À traquer de nouvelles planètes.

Nous deviendrons voyeurs de lunes, guetteurs de comètes. Nous dépasserons et contrarierons nos sens. Nous irons loin. Plus loin. Toujours.

Notre histoire ne fait que débuter.

* *
*

Ce matin, tout s'est mis en branle. Et puis c'est arrivé : je suis debout.

Enfin DEBOUT, et ça dure.

Tu m'écoutes ?

La plante de mes pieds s'attache à la terre. Mon corps est presque d'aplomb. Mes bras, d'abord figés, se balancent. Ma tête s'élève, ma nuque se raffermit.

Tu me cherches, tu m'entends toujours ? Tu m'entends ? Je suis là. Je viens. J'arrive...

* *
*

Plus personne n'entravera cette avancée. Est-elle prédestinée, est-elle fortuite ? Vous aurez des millénaires pour y répondre.

Vois comme je me tiens droite. Verticale. Et comme l'équilibre se maintient.

Mes bras vont, viennent à mes côtés et puis, d'un seul coup, ils se tendent vers l'avant, vers chacun de vous.

Vois comme je vous convoque. Mais tu hésites... Tu hésites ?

Vois comme je vous invite à entrer, à votre tour, dans le projet. À pénétrer, à ma suite, dans l'existence. À prendre le chemin de l'indomptable vie.

Mais tu recules, tu t'éloignes. Au seuil de l'aventure, tu hésites encore ?

Je te sens incertaine, tu te détournes, tu prends peur.

À toi, à présent, de te faire entendre.

LE CRIME

Je tuerai Lucy.

J'ai décidé de la faire disparaître, de la supprimer, de mettre un terme à cette aventure. D'enrayer une fois pour toutes cette histoire de ténèbres et de sang.

Je projette d'abolir notre mise au monde ; de rompre ce discours qui mènera là où l'on sait.

Je vois deuil, je vois sombre ; je vois massacres, carnages, souffrances sans fin. Je refuse de nous engager dans cette action absurde et malfaisante.

Je ne sais encore comment m'y prendre, et j'ignore de quelle façon je mènerai ce récit. Mais j'échafauderai, au fur et à mesure, la préparation du meurtre et le témoignage des mots.

J'avance dans l'ombre, dans l'inconnu ; je trouverai, peu à peu, l'instrument et le moment du crime.

J'exterminerai Lucy.

J'enrayerai la race humaine et son destin pervers.

Contraignant ma nature qui me pousse toujours à choisir, par-delà l'horreur, l'avantage de vivre ; à privilégier, par-delà l'obscur, la détermination d'exister, je me laisse envahir par toutes les raisons, tous les dégoûts, toutes les révoltes qui me commandent de démonter ce piège fatal, de briser ce canevas imposé.

J'anéantirai Lucy. C'est tout vu, arrêté. Je m'y engage.

* *
*

Celle-ci s'accroche, vous l'avez entendue ? Insistante, obstinée, se glissant dans ma peau, accaparant mes heures, réclamant que je lui prête parole.

Elle me soudoie de son silence accablé, de son regard qui mendie ; plus troublants l'un et l'autre que le plus impératif des appels.

Elle m'attendrit trop souvent par ses tentatives répétées, et me trouble par ce flottant, mais persistant, désir de se nouer à notre avenir commun.

Mais j'ai décidé de ne m'embarrasser d'aucun scrupule, d'aucun faux-fuyant. J'y suis déterminée : j'aurai la peau de Lucy !

D'un coup, je détruirai nos filiations. D'un geste, j'annulerai nos destins.

Je nous sauverai de la cruelle aventure qui s'annonçait. Par-dessus tout, j'aurai vaincu la mort, offerte en prime à tout détenteur de vie.

Pourquoi nous mettre au monde en ce monde maléfique qui s'approche, infailliblement, de sa fin ?

L'absurdité s'annulera. Utopies et trahisons ne prendront plus place. Nations et religions ne clameront plus leurs vérités contradictoires et meurtrières. Dieu n'aura plus de raison d'exister.

Le sol demeurera en friche, mais innocent.

Livrée aux seuls animaux, aux végétations luxuriantes, la terre, libérée de l'homme, continuera, sur sa lancée, à décrire des cercles autour du globe solaire, jusqu'à l'extinction prévue.

* *
*

Je vous libère de toute naissance. Je sauvegarde la planète en la préservant de votre race dévastatrice.

J'annule toute promesse, toute illusion, toute douleur. Je bannis l'espoir qui nous englue. J'expulse le rêve qui se délabre. Je raye nos perspectives. Je supprime nos nostalgies. J'abolis nos vieillesses ; à quoi sert de naître pour décliner ? Je dissous le trépas ; pourquoi vivre pour mourir ? J'anéantis ce que nous qualifions avec outrecuidance d'« œuvres » ; puisque tout est voué à la destruction.

* *
*

Lucy a gravi trois millions d'années pour m'atteindre. Et me hanter.

Elle cherche à obtenir, par ses piteux moyens, accès à notre temps. Elle exige sa place d'ancêtre au seuil de ce deuxième millénaire qui nous obsède. Cet an 2000, dont l'infinitésimale et pointilleuse mesure, en regard de la durée de l'univers, devrait plutôt entraîner notre dérision et nos railleries.

Mais nous sommes ainsi faits, tout ce qui nous concerne acquiert une importance majeure.

En nous, Lucy aura découvert une large écoute, une immense attente. Elle s'engouffre dans nos existences à travers mille portes béantes. Non dépourvue, à mon tour, de cet orgueil qui — je l'ai dit — qualifie notre race encore supposée, je prends sur moi de vous débarrasser de cette créature disparate. Cette créature hybride qui, de naissances en naissances, nous entraînera vers notre singulier et désastreux destin. J'en perçois surtout, en ce jour (mon réveil aurait-il été flétri par une nuit cauchemardesque ?), l'épouvante, les affres, l'atrocité.

En cette aube je ne suis qu'aversion, que répulsion. Que refus.

Je détruirai Lucy, avant qu'elle ne nous détruise.

* *
*

Je rebrousserai chemin, j'inverserai le temps.

Reculant d'âge en âge, je refluerai vers nos origines. Je m'enfoncerai dans cette forêt qui s'étend à l'est de l'Afrique. Je franchirai ses contreforts, traverserai les dépressions, grimperai jusqu'aux plus hauts plateaux.

* *
*

Me voici en route.

Il pleut. J'avance toujours. Le climat se métamorphose.

Il fait chaud, sec. Je descends vers la plaine. La chaleur me bride comme une seconde peau. Au cœur de la savane, j'aperçois de redoutables quadrupèdes.

Luxuriante, très arborée, cette végétation est parfois trouée de plaques sablonneuses.

Je croise le vent, les insectes, les oiseaux. Le paysage change par larges fragments. Cours d'eau et lacs parsèment les forêts.

Des impalas, sorte de bovidés, mangent les feuilles d'arbres et de buissons. Je m'en écarte. Plus loin, je me détourne d'un troupeau d'éléphants. Mais je continue de m'acheminer dans la bonne direction. Je m'oriente sans hésiter vers la zone où je sais que je trouverai Lucy.

Celle-ci n'est toujours pas en vue. Il faudra garder l'œil aux aguets car elle reste souvent tapie dans les arbres ; ou bien dissimulée derrière des buissons.

Où qu'elle se cache, je la dépisterai. J'y mettrai toute ma détermination.

Je reconnaîtrai Lucy à ses courtes jambes, à ses longs pieds, à son bassin rétréci, mais évasé. Je la devinerai à ses épaules étroites, à ses bras qui n'en finissent plus ; à ses larges mains, à ses phalanges recourbées. Peut-être, à son regard... À ce regard qui s'est d'abord gravé en moi pour faire naître une écoute ; suivie d'une résistance, d'une terreur qui ont provoqué cette machination, ce complot.

Je jetterai un voile sur ces yeux-là, avec leur alchimie d'angoisse et de courage, de vaillance et de mélancolie. À ces yeux, miroirs des nôtres.

Je résisterai à tant de témérité, à tant d'aspiration. À cette part unique, étrange de Lucy qui m'a troublée, et me hante.

* *
*

Chaque pas renforce ma décision, me confirme dans mon projet.

Carnivores ou pacifiques, ici les animaux foisonnent. Plus nombreux et plus diversifiés que ce qui adviendra, si je cède au déroulement fatal qui donnera naissance à l'homme prédateur.

J'avance, je progresse plus facilement que je n'aurais imaginé.

Je n'existe pas encore ; pourtant j'existe. J'appartiens à cette virtualité dont nous aurons, un jour, la bouche pleine et le cerveau engorgé.

Virtuel ! Comme si nous ne l'étions pas depuis toujours : virtuels ! Que sera-t-il d'autre, notre langage ? Que seront-elles d'autre, nos paroles ? À quelle réalité correspondent-ils ? Le plus vaste de nos pouvoirs n'est-il pas dans l'énergie de l'imaginaire, dans le ressort des signes et des mots ?

Virtuels ! Nous ne sommes que cela depuis la mise en train, l'amorce, le début : « au commencement sera le verbe ».

Virtuelle, cette chair à laquelle nous nous agrippons pour vivre et survivre. Virtuelles, ces choses que nous décrétons palpables, matérielles, et qui ne sont qu'éclats d'énergie.

* *
*

Joignez-vous à mon complot.

Le faisant, vous ne vous distancerez d'aucune réalité, vous ne vous séparerez d'aucun lieu d'évidences. L'essentiel de l'humaine nature est notre attrait de la fable, du symbole, de l'impossible, de la déraison.

Depuis l'aube des temps, nos destins s'entremêlent de rêves et d'utopies.

Ne vous refusez pas cette suprême aventure : le choix, avant la sommation ; la préférence, avant le bon plaisir d'on ne sait quel Ordonnateur, qui nous garderait à sa merci. Celui-ci, quoi qu'il se nomme — Force, Divinité, l'Un ou le Grand Tout —, nous éjectera, au fond de l'absence dont nous sommes issus.

Acceptons ce néant, mais que du moins il nous incombe. Approprions-nous ce manque, ce rien, cet éternel silence, mais que cette option soit la nôtre. Refusons les grouillements des naissances suivis de l'immuable dénouement.

Sur cette planète d'eau et de forêts laissons régner la flore, la faune, et peut-être d'autres espèces aux crânes exigus, aux cerveaux à jamais inachevés. Gardons-nous de prendre part à l'événement, à l'errance.

Empêchons l'humanité d'accéder au jour. Traçons une ellipse infinie au-dessus de Lucy.

Que de chaos aurons-nous évités ! Que de monstruosités aurons-nous abolies, en échange de cette aumône si brève, si périlleuse, qu'aura été notre existence !

* *
*

L'inversion du temps que je propose n'est pas insensée.

Piégés par nos règles, nos préceptes, nous avons tout faux ! Murés dans une cuirasse de codes et de prescriptions éminemment pratiques, nous nous sommes laissé piéger ; et continuons d'avancer, en somnambules, dans un monde que nous nous faisons l'illusion de contrôler.

Lorsque l'éclat de certaines étoiles, longuement dissoutes, continue de nous parvenir, où est la réalité de l'espace ? Puisque ailleurs se déroulent, comme sur une pellicule, des pans entiers de notre histoire passée et disparue, quelle est la vérité du temps ?

Il n'est pas trop tard pour interrompre notre aventure à sa source ; mon postulat tient la route. En termes humains, « le temps presse » ; ne retardez plus, par vos scrupules, vos inquiétudes, votre logique, ma traque et notre délivrance.

Avec ou sans vous je la poursuivrai. Sans vous, pour vous : je dépisterai, je surprendrai, j'exterminerai Lucy.

**
*

Je n'improviserai pas. Une lente maturation m'a appris comment agir avec efficacité et promptitude.

J'aurai, dès le début, repéré l'emplacement du grand fleuve dans lequel j'accomplirai mon méfait.

J'attendrai Lucy au pied de son acacia. Elle finira bien par retomber à quatre pattes sur le sol.

Ayant veillé, par de fréquents exercices, à la musculation et à l'assouplissement de mes membres, j'avancerai à pas inaudibles et légers. Puis, d'un coup, je me jetterai sur elle, et l'encerclerai de mes bras.

Lucy se débattra. Mais que pourra son mètre cinq mesuré à ma haute taille, à ma vigueur, à ma volonté ?

Ensuite je la soulèverai, comme une enfant ; je la soulèverai et je l'emporterai, serrée contre ma poitrine.

Durant toute cette manœuvre j'aurai évité son regard.

Tandis que je m'élancerai vers l'immense fleuve — torrentueux et phosphorescent — que j'aurai découvert dans le proche voisinage, je continuerai à me méfier de ses yeux.

**
*

J'ai tout accompli comme prévu.

À l'instant, Lucy ne pèse guère entre mes bras.

J'avance à grands pas. Je me centre sur cette course et sur chaque enjambée. Je chasse de mon esprit tout ce qui contrarierait ma résolution.

Lucy se pend à mon cou. Après la première stupeur, la panique, elle reprend confiance.

Ceci lui apparaît comme un jeu déclenché par un animal bizarre qui l'a devancé dans la posture qu'elle s'exerce, si durement, à maîtriser.

Très vite Lucy s'abandonne et se livre avec amusement à cette course. Ses craintes se sont graduellement muées en plaisir.

Elle frotte sa tête contre mon épaule. J'en éprouve un apaisement, une chaude proximité.

Aussitôt, je m'en défends et détourne, obstinément, mon regard.

**
*

Tout ceci est vertigineux ; cette plongée vers l'arrière, cette galopade vers l'avant. Cette charge insolite, si fragile et cependant si lourde de sens.

À toute allure, je longe forêts et lacs en direction du fleuve.

Une fois sur la berge, je descendrai lentement la pente pour ne pas effrayer Lucy.

J'entrerai dans le fleuve, pas à pas, jusqu'aux genoux. Puis, jusqu'à la taille.

Enfin, d'un geste subit et déterminé, je plongerai sa tête dans l'eau et je l'y maintiendrai, fermement.

Malgré sa résistance et ses soubresauts, je garderai une forte pression sur ses épaules et son crâne. En dépit de ses suffocations, de ses cris — fuyant toujours son regard — je resserrerai encore mon étreinte, l'empêchant, chaque fois, de remonter à la surface.

Lucy se débattra, se démènera longtemps.

Enfin, à bout de souffle, elle se laissera sombrer.

Voilà comment les choses se passeront. Je n'ai pas trouvé d'autres façons de la supprimer.

* *
*

Pour l'instant, la vitesse de ma course m'a fait perdre haleine. Je ralentis et prends une pause.

Ayant pris goût à ce balancement, Lucy se trémousse comme pour me faire repartir.

Cherchant à éviter des rencontres indésirables ou des obstacles inattendus, je m'efforce de reprendre une allure assez vive.

Malgré mon attentive et longue préparation, je n'ai pas pu tout envisager, et souhaite conclure rapidement pour éviter tout imprévu.

La plaine que nous traversons est d'une extrême beauté. Des collines sculpturales, de majestueuses vallées. Lucy sait-elle les apprécier ?

Je chasse ces interrogations qui retardent ma marche. Nous ne pourrons jamais, l'une et l'autre, contempler et savourer ensemble l'ardente nature. Nous ne pourrons jamais, assises côte à côte, Lucy et moi, son long bras entourant mes épaules, nos regards fixés sur le même horizon, nous imbiber de cette splendeur en écoutant le chant multiple des oiseaux, le frottement oblique des feuilles. Jamais admirer le poignant crépuscule, ni saluer le rite de l'aube. Nous ne pourrons jamais, en partage, voir s'élever et puis s'éteindre toutes les clartés qui enluminent la terre.

Ici, la nature, aux partitions infinies, hésite entre savanes et sables, entre forêts et rocailles. Prodigue et débridée dans ses inventions, contrôlée dans ses cycles et ses saisons, que cache-t-elle, cette nature ? Que cherche-t-elle à nous révéler ?

Cherchant à soustraire mon esprit à tout remords, à tout regret, je m'attache aux merveilles alentour.

Pourtant, je ne peux complètement éloigner mon attention de cette chaude présence, de ce fardeau qui palpite entre mes bras.

* *
*

Une étrange émotion émane de Lucy.

Elle oscille entre la crainte et la crédulité, l'effroi et le plaisir.

Ce bercement accéléré ou lent que mes pas lui font subir la trouble et l'égaye à la fois.

Elle se blottit contre ma poitrine, comme pour y chercher refuge et réconfort.

Je sens les vibrations de sa chair. Une motte de tendresse et de bonheur se presse contre moi. On dirait qu'un même sang nous relie. Son cœur palpite ; je pourrais en compter chaque pulsation.

* *
*

Le fleuve sera bientôt en vue.

Lucy est loin de se douter de ce qui l'attend, et de mes sombres visées.

Avant le déroulement du crime et tandis que je parcours cet espace en suspens, il est temps d'exposer les raisons d'avoir mis ceci en branle.

Vous n'êtes pas, les humains, innocents de ce meurtre à venir !

* *
*

Avant même qu'elles n'existent, ce sont vos voix qui m'y ont conduit.

La malfaçon de l'existence que vous ne cessez de clamer à travers les âges a trouvé en ma personne ses résonances, comme son instrument.

Il est vrai que vous avez quelques raisons de vous plaindre ; je dirais même de gémir.

Observons-le, ce monde !

Comment se présente-t-il depuis l'origine ? Que nous a-t-il offert ?

Cicatrice géante brisant la croûte terrestre, explosions volcaniques, engloutissement sous les eaux, dispersion de la faune, suppression des premières espèces...

Comment concilier l'hostilité d'un univers au paroxysme de la fureur, avec l'énigme de ce même univers qui se porte garant de tout germe de vie ?

Aller-retour des glaciations, refuge ou maléfice des forêts tropicales, multiplication ou réduction des savanes, fragmentation des continents. Chaotiques et meurtrières turbulences de cette nature à qui vous voueriez, par moments, un culte excessif.

« Enfants des étoiles »... On vous désignera, un jour, sous cette appellation flatteuse.

Il n'existe pas de rupture entre la matière céleste et notre charnelle substance, entre celle-ci et les tressaillements de la vie.

Tout se tient et se relie. Tout est de même et commune origine.

Cette vérité, qui pourrait efficacement nous unir au cours de nos brèves existences, n'a jamais pu s'imposer. Le ferment de la violence nous pousse, au contraire, à pasticher d'autres dispositions — de cette même nature — faites de ravages et d'exterminations.

Cherchons-nous à refléter l'incessante et criminelle dévastation de la matière ? En privilégiant ces furieuses images, au détriment de celles plus pacifiques des lacs, des arbres, des soleils fidèles, cherchons-nous à nous détruire ? Et pourquoi ?

Comment énumérer les calamités, les fléaux, les détresses, à l'affût des humains ? Des millénaires n'y suffiraient pas !

Comment définir le plus sinistre des enchaînements : le massacre de l'homme par l'homme ? Tueries qui se perpétueront à travers toute l'histoire, tous les lieux, tous les temps.

La paix permanente demeurera introuvable, à jamais.

Quant au bonheur ! Il vaudrait mieux en rire.

Seules persisteront ses tenaces illusions, ses troublantes espérances.

* *
*

Ces corps ingrats ou maladifs, dans lesquels certains viendront au monde ; ces corps chétifs, incomplets ; ces esprits engourdis, stagnants, quelles obscures lois les décrètent ? Où en est l'équité ?

Vivre, n'est-ce qu'un malentendu ?

Une inacceptable méprise ?

Le glissement hasardeux d'une filiation vers une autre, qui n'ont rien à faire en ce monde imparfait.

* *
*

Je m'essouffle, et fais halte de nouveau.

Lucy pousse des cris sourds, comme si elle m'incitait à reprendre ma marche.

Cette course, cette proximité lui sont devenues familières, et semblent à présent la réjouir. Elle se raccroche à mon cou. Son front se plisse ; elle baisse ses paupières de plaisir.

Elle se pelotonne contre moi ; s'abandonne, une fois encore, à la cadence de mes pas. Mon cœur bat au même rythme que le sien.

Inconsciente du danger que je lui fais courir et de sa fin prochaine, serrée tout contre moi, peut-être éprouve-t-elle dans sa chair confuse comme l'éclosion d'un autre monde, comme une reconnaissance, une fraternité.

Je ne dois pas y penser au risque de m'attendrir. Je reprends ma course et redouble de vitesse.

Dans mes bras Lucy est légère, chaude, menue.

* *
*

Le chemin en pente qui descend jusqu'au fleuve augmente encore la rapidité de mes pas. Mes pieds nus effleurent le sol. J'ai l'impression de m'élever dans les airs.

Lucy se met en boule dans mes bras ; sa confiance est absolue.

Je m'abstiens de lui prêter mes propres sentiments. Mais je découvre, malgré moi, à travers cette course presque aérienne, dont elle ressent chaque vibration, que je suis à la fois son abri et son envol.

Le souffle de Lucy s'ébroue joyeusement ; elle avale de grandes bouffées d'air et les rejette, éventant mon cou en sueur. Sa main se hausse jusqu'à mon menton ; sa paume s'attarde sur ma joue.

Je résiste à cette caresse, et me raidis contre tant de tendresse et de candeur.

Je récapitule mon plan et les dernières manœuvres : j'entrerai dans l'eau, je me déferai avec fermeté de son étreinte. J'éviterai son regard.

** *
*

La culbute de Lucy dans le fleuve souleva un bouillonnement de vagues et d'écume.

Elle s'en réjouit d'abord, comme s'il s'agissait de la suite d'un jeu.

J'ai contracté mes muscles, j'ai posé mes mains sur ses frêles épaules, je l'ai poussée au fond du fleuve.

Ensuite, j'ai vigoureusement maintenu sa tête sous l'eau.

Résistant à ses gargouillements, à ses trépignements, j'ai refoulé, sans relâche, chacun de ses sursauts, chacune de ses remontées.

Bloquant sa lutte, maîtrisant ses gesticulations, je me penche en avant et j'exerce tout mon poids sur son corps en détresse.

Toutes les forces nocives de l'histoire et des hommes s'assemblent au fond de moi.

Je fais appel à tous les ressentiments, à toutes les représailles, que je méprise. J'invoque toutes les trahisons, toutes les cruautés, que j'abomine. Je convoque toutes les barbaries, toutes les monstruosités dont Lucy est la naïve, l'aveugle colporteuse. J'utilise les ressorts du mal pour nous délivrer du mal.

Maintenir Lucy sous l'eau n'est pas aisé. Son énergie, son agilité sont singulières. Son désir de se perpétuer, ahurissant.

Je m'obstine. Elle remonte plusieurs fois à la surface et me glisse entre les mains.

Je la rattrape, l'enfonce encore et encore, jusqu'à la complète asphyxie.

* *
*

L'eau s'agite, fait de grosses bulles. Puis toute sa surface se calme et se lisse.

Ainsi ai-je supprimé Lucy ; interrompu tous les maléfices, les infirmités, les souffrances, les ravages, qui nous étaient promis !

En disparaissant, elle efface le cycle infernal des vengeances ; l'enchaînement des haines et des destructions.

Je respire péniblement. J'essaie de calmer, de contrôler mon souffle.

* *
*

Peu après la noyade, assise sur la berge, j'ai vu le corps ballonné de Lucy resurgir des fonds.

Ensuite, je l'ai longtemps regardée flotter sur l'eau verdâtre du fleuve.

Lucy n'est plus qu'une boule touffue et sombre. Plus qu'une friperie poilue et brune, ballottée par le courant.

Emportée par le fleuve, elle s'engloutira plus loin, dans l'océan.

Lucy n'est plus qu'une chose ; inanimée, rigide ; inapte à transmettre la vie. Lucy n'est plus rien. Rien.

Et nous, n'existerons jamais.

* *
*

À mon tour, je n'ai plus qu'à disparaître, qu'à me désagréger.

J'ai mené mon projet à terme.

L'humanité n'aura pas lieu.

LE DÉSIR

Jusqu'où mèneront mes suppositions ? Saurai-je sans faillir m'acquitter de ce rituel de mort et de notre propre euthanasie ?

Je rebrousse chemin et remonte jusqu'à la source de ce récit.

Je reviens à la seconde où, penchée au-dessus du gouffre des âges, j'entends pour la première fois l'appel de Lucy.

Je cherche à me relier à ces instants où elle tente de se faire entendre, de greffer son souffle et ses silences à mes mots.

Je ressuscite ces minutes où le temps explose, où Lucy me hante, puis m'habite. Ces minutes où Lucy, menée par une brûlante envie de nous rejoindre

— mieux que cela : de nous enfanter —, redresse son corps, et enfin debout accomplit son premier pas.

D'où lui vient cette attirance ? Et ma fascination, d'où surgit-elle ?

D'où naquit ce désir qui la sépara des siens ? Ce besoin d'une verticalité, dont elle ne mesurait ni les dangers, ni les ressources ?

D'où lui est née la soif de mettre au monde l'espèce hybride des hommes ? Et d'où, cet appel, bien plus cette sommation, qui, déréglant son comportement habituel, finirait par donner le jour à une tribu qu'elle aurait du mal à reconnaître ?

**
*

Je me terre dans le silence. Je suis à l'écoute.

J'ai toujours été à l'écoute de Lucy. Une écoute renforcée, depuis que son image diffusée, propagée, est apparue dans les livres, sur les écrans. Depuis que son nom, désormais familier, est sur toutes les lèvres.

Mon initiative paraîtra aberrante, je suis la première à en convenir. Mais où se situe la bonne logique, si souvent démentie par les faits ?

Ne serait-ce pas plutôt la vie qui s'ajuste à nos fictions ?

Si j'entreprends cette démarche, c'est sans doute pour m'évader des cloisons et de l'illusion du temps. C'est aussi, face à tout raisonnement, à toute mise en garde concernant cette action ou ce récit, pour attester de mon entière liberté.

Me voici à l'épreuve, fermement décidée à tirer au clair nos relations douteuses avec l'amour, la haine, la mort, la vie. L'espérance.

**
*

Je récapitule et m'enfonce, une fois encore, dans le creuset des millénaires.

J'ai apprivoisé le chemin, devenu presque routinier, et découvre, assez vite, la troupe de Lucy.

Dissimulée derrière un tronc d'arbre, j'assiste à leurs amours, accompagnées de parades et de plaisants épouillages ; à leurs repas, plutôt végétariens. Je rends grâce à cette nature luxuriante et prodigue, où la nourriture est abondante, variée.

Poussée par je ne sais quelle sombre alchimie, cette pacifique assemblée se métamorphose soudain en horde sauvage.

Je remarque avec terreur que, possédés par une fièvre féroce, ils se poursuivent et s'attaquent.

Des scènes de carnage, d'infanticides, de cannibalisme, se déroulent sous mes yeux.

À quelques pas, je me tiens immobile, impuissante, médusée.

Aussi brusquement qu'elles ont éclaté, les hostilités prennent fin.

Et tout reprend — comme après nos guerres — presque sans changement, comme si rien ne s'était passé : les mêmes habitudes, les mêmes erreurs, les mêmes plaisirs.

* *
*

Des mains cherchent à se joindre. Des épaules se touchent. Les visages se rapprochent. Les lèvres se frottent à d'autres lèvres.

Un nourrisson chétif, agonisant, est emporté, balancé à bout de bras par sa mère. Affolée, par bonds successifs, celle-ci trouve refuge dans un arbre.

Avec caresses et cris, elle veille le petit corps qui se débat. En vain. Il ne résiste guère ; et expire bientôt entre ses jambes.

Redescendue de l'arbre, la femelle ameute sa tribu. Celle-ci l'entoure, la palpe, la caresse.

À travers tous ces actes, tous ces gestes, je nous devine déjà : peuples d'abîmes et de rivages, de houles et d'alluvions, d'amour et de sang. Peuples captifs du flux et du reflux des passions et des embellies.

Je nous pressens, envenimés par ces haines qui, subitement, s'apaisent. Je nous interprète à travers ces jeux, ces appétits, ces échanges, ces amours. Je les observe et je nous reconnais.

Avec un mélange de curiosité et de terreur, d'attendrissement et de rejet, j'anticipe.

La confusion va s'emparer de moi si je m'attarde ainsi. Si je ne décide pas de ressaisir mon projet pour le mener à terme et de me mettre, une fois de plus, à l'épreuve.

**
*

Ma résolution est de nouveau prise. Je repère une colonne de singes en marche ; ils sont une vingtaine. Persuadée que ceux-ci me mèneront vers la cachette de Lucy, je les suis à une certaine distance.

Me dissimulant derrière les arbres, ou rampant dans l'herbe haute des savanes, je les escorte sans me faire remarquer. Mais lorsque j'entends de lointains rugissements, je presse le pas et me rapproche du groupe.

D'autres fois, la troupe lambine, se livre à quelques transports. Alors, écoutant le souple froissement des feuilles, le plaisant craquement des brindilles, je patiente.

Je m'emplis les yeux de paysages, je récolte des images : celles de flaques semées de taches de soleil, celles de vallées aux courbes agiles, celles d'oiseaux de passage, baignés de couleurs ; celles de torrents qui écument, de sources qui égayent un terrain plus austère.

Tout mène vers Lucy. Tout me conduit vers elle.

**
*

Au bout de cette longue marche, je la retrouve, nichée à mi-hauteur de son acacia ; là où les branches sont les plus robustes.

La troupe fait plusieurs fois le tour de l'arbre ; puis, renonçant à l'attendre, s'éloigne.

L'impassibilité de Lucy les décourage et les pousse vers d'autres chemins plus mouvementés. Ils abandonnent à son sort cette bizarre et disparate créature qui se plaît trop souvent à se séparer du groupe, à adopter d'étranges positions.

Elle se condamne ainsi à de longues périodes de solitude et d'exil. Mais, probablement, les recherche-t-elle.

Blottie dans l'enfourchure de branches en pleine feuillaison, je la reconnais. C'est bien elle, Lucy ; cela ne fait aucun doute.

Son insoumission me la rend familière. Et même cette façon de se distancer de l'action en cours, pour laisser passage à je ne sais quoi de plus intime, de plus secret.

* *
*

Accroupie sous l'arbre, j'attends, impassible.

Je ne veux surtout pas alarmer Lucy, ni la faire fuir.

Elle se penche à plusieurs reprises, m'observe à son tour ; se demande à quelle curieuse tribu, apparemment pacifique, j'appartiens.

Je ne lui inspire aucune crainte. Elle descend jusqu'à la branche la plus proche ; abaisse, étire son long bras, jusqu'à glisser, puis remuer ses doigts dans mon abondante chevelure.

Ce premier examen ne la trouble guère.

Se retournant sur le ventre, elle poursuit son investigation. Elle tâte mon cou, mes épaules ; s'étonne de cette peau luisante et lisse, peu conforme à celle de son entourage faite de poils ou de plumes. Elle insiste, administre quelques tapes au sommet de mon crâne. Je ne réagis pas.

Crédule, elle descend encore d'une branche. La curiosité l'enhardit.

Enfin, d'un bond, elle atterrit à quatre pattes sur le sol et me fait face.

**
*

À tout prendre, je suis moins assurée qu'elle.

Ébahie, je n'ai pas eu le réflexe de me jeter sur elle, comme prévu, et de la capturer d'un seul bond. La voilà qui tourne, en cercles de plus en plus rapprochés, autour de moi, tandis que je traverse une lente plage de vide, de désarroi.

Il est évident que je ne l'épouvante pas. Mon corps nu n'inspire rien d'offensif. Ma peau blafarde, hâlée par plaques, attire plus de pitié que de frayeur.

Il lui est impossible de se douter de ma funeste décision, ni de se tenir sur ses gardes, comme elle le ferait à l'approche de n'importe quelle bête carnassière dont elle a l'habitude de se méfier. À ses yeux, je ne suis ni bourreau, ni victime ; mais un simple spectateur.

En cette languissante et tiède journée où Lucy s'engourdissait, la voici soudain confrontée à la surprise, à l'inconnu, et presque ranimée par le spectacle que je lui offre.

Elle m'examine de part en part avec des glapissements de stupeur.

Livrée à sa vue, je me tiens tranquille, m'efforçant d'élaborer un plan modifié, mais toujours efficace.

Bien que je m'en méfie depuis le début, je n'ai pas pu, ni su, éviter les yeux de Lucy.

Je n'ai pas su m'en détourner, m'en préserver. Une force attractive, chaque fois qu'elle s'avance, la tête légèrement de côté, m'oblige à rencontrer son regard.

Innocemment, elle multiplie ses manœuvres. Elle me frôle, m'effleure. Elle s'arrête et me fixe d'une manière prolongée.

Je ne peux la pousser à s'éloigner au risque de faire échouer mon plan. Chaque confrontation semble nous rapprocher. Lucy redouble de familiarité. Flaire-t-elle en moi la détentrice de son avenir ?

Sautillant avec habileté et souplesse, elle tente d'atteindre ma taille. Ses bondissements la haussent au niveau de mes épaules, de mon visage.

Au septième saut, nos regards se sont encore croisés.

Cette fois je n'ai pu y résister.

J'ai plongé, longuement, dans les profondeurs de ses yeux.

* *
*

M'y suis-je perdue ou reconnue ? Je ne sais quel terme choisir. Il me sembla soudain que c'était moi qui venais d'enfanter Lucy. Que réunies, alliées depuis les brumes du temps, nous allions, ensemble, fendre la matrice primordiale pour nous retrouver en vie.

Mon projet s'embourbait. Mes intentions se déliataient.

La terreur de ce que nous aurions à affronter — l'une, l'autre, et tous les humains — n'allait-elle pas me conduire à un acte irréparable et criminel ? Avais-je le droit de supprimer cette créature si déterminée à s'accomplir ?

Cette volonté de tout abolir en la supprimant, était-ce du courage ou de la lâcheté ? Un bienfait pour l'humanité ; ou le résultat d'une panique, d'une vision obscure, dégradée, incomplète de notre destin ?

Ma vue n'était-elle pas obscurcie ? Mon regard ne limitait-il pas l'incomparable aventure ?

Bloquant nos perspectives, supprimant nos probabilités, n'allais-je pas nous priver de la découverte et de l'étendue de la vie ?

Je me croyais clairvoyante. Je n'étais qu'aveugle. Obtuse.

J'avais choisi le vide, face à l'audace et au défi ; l'assurance du rien face au risque. J'anéantissais l'insigne miracle de vivre. Je détruisais du même coup l'éblouissement et les prodiges de l'amour.

* *
*

Lucy s'était encore rapprochée.

Elle tâtait mes genoux, mes pieds. Avec insistance.

Elle me fixait d'un regard implorant. Il me devenait de plus en plus impossible de la sacrifier.

Je décidai de rompre avec ce temps volé. De m'enfuir loin, très loin de Lucy. De retrouver ce sommeil de trois millions d'années qui m'était dévolu.

Lucy s'agrippait à présent à mes jambes, à ma taille.

Je l'ai violemment repoussée.

* *
*

Elle est tombée à la renverse, poussant de joyeux glapissements, comme s'il s'agissait encore d'une plaisanterie.

Se remettant d'aplomb, elle recommençait ; m'attrapait la main, m'entourait la taille de ses bras.

De nouveau je l'ai repoussée.

Lui tournant le dos, j'ai pris mes jambes à mon cou et j'ai foncé. D'un seul élan, en direction de la savane.

Je voulais fuir. Lui échapper. Disparaître. Renoncer à mon crime. M'enfouir dans le néant.

Oublier. Tout effacer durant des siècles et des siècles.

**

J'ai couru, couru.

Après un long, accablant parcours, à bout de souffle, je me suis laissée tomber au pied d'un tronc d'arbre ligneux et moisi. Adossée contre sa paroi, épuisée, j'étais sur le point de sombrer dans le sommeil, dans l'immense léthargie d'avant ma naissance.

Voluptueusement je m'imbibais de ce sommeil, de ce vide, auquel je m'étais imprudemment arrachée.

Je m'écroulais, lentement, mon corps cédait de partout. Je m'enfouissais dans la sourde matière du monde quand, soudain, les touffes d'herbes environnantes qui m'encerclaient se sont mises à ondoyer. Des brises d'air glissaient entre leurs tiges.

Subitement, les repoussant des deux bras, Lucy m'est apparue !

Me découvrant, elle reprit ses joyeux bondissements et grimaça de plaisir.

J'avais oublié qu'à quatre pattes elle disposait d'une vélocité bien supérieure à la mienne. Elle n'avait eu aucun mal à me rejoindre.

À présent, elle me couvait des yeux, et gambadait en cercles autour de moi pour manifester son contentement.

* *
*

Je demeurais interloquée tandis qu'elle tâtait mes jambes, palpait mes genoux, examinait la plante de mes pieds en les tapotant de ses longs doigts.

Enfin, me bousculant, par petites poussées, elle m'indiquait que je lui étais proche, familière, et qu'elle souhaitait que je quitte ma place, me redresse, et me tienne debout dans la position verticale qui m'était habituelle.

Ce que je fis, partagée entre le regret et l'émotion de ces retrouvailles.

Debout je toisais Lucy de toute ma hauteur, tandis qu'elle sautait, se projetant en l'air, et retombait à quatre pattes sur le sol pour me prouver sa satisfaction.

Peu après elle me fit entendre, par des gesticulations répétées, qu'elle cherchait à reproduire ma posture et qu'elle comptait sur mon aide.

Elle bomba le torse, haussa le cou, se souleva sur ses jambes plusieurs fois de suite. Mais retombait aussitôt, et s'affaissait gauchement à mes pieds, la mine contrite.

Après ces nombreuses et vaines tentatives, couchée par terre sur le flanc, Lucy tourna son visage vers moi et me fixa à n'en plus finir, l'œil plein de reproche.

* *
*

S'agrippant de nouveau à mes jambes, elle me fit comprendre qu'elle réprouvait mon impassibilité, mon indifférence, qu'elle ne s'y résoudrait pas, et qu'il lui fallait mon aide efficace, active.

Je venais de me convaincre que ma présence à ses côtés n'était plus due à mes fantasmes, et qu'elle devenait cruciale, nécessaire.

Pour ma part, je me persuadais de plus en plus sérieusement que l'appel entendu, que ce cri qui réclamait voix et paroles n'était pas le fruit du hasard, mais une rencontre obligée. Mon écoute, ma demande avaient amorcé notre double aventure ; je n'avais plus le loisir, ni le droit, de reculer ou de m'en abstraire.

** *
**

Je m'agenouille face à Lucy.

Je saisis ses deux mains et les enferme dans mes paumes. Puis je la tire graduellement, vers le haut.

Ses pieds aux phalanges allongées et recourbées, avec ce gros orteil divergent, s'adaptent à la grimpade des arbres, ont du mal — sans le secours des pattes avant — à la maintenir en équilibre.

Debout, elle pèse sur moi, se rattrape, glisse, entoure mes cuisses de ses longs bras, se relève.

Sans me lasser, sans la décourager, nous répétons et répétons le même exercice.

Son corps est traversé de secousses, des frissons parcourent son échine, son poil se hérisse. Son front se crispe, ses mâchoires se serrent.

Lucy cependant s'exécute, recommence après chaque rechute ; lève vers moi son regard plein d'une confiance démesurée.

Je voudrais en être digne.

Ses mains blotties dans les miennes, nous tenons bon et redoublons de ténacité.

Je m'élève et me baisse en même temps qu'elle pour fortifier l'articulation de ses genoux.

Une bourrasque de tremblements s'empare de tous ses membres. La sueur submerge sa face. Elle vacille, chancelle, puis se reprend. Son regard se noue au mien. Je ne cherche plus à l'esquiver.

* * *
*

Dorénavant je suis avec Lucy.

L'une et l'autre, quoi qu'il advienne, nous sommes réunies. Je deviens elle. Elle devient moi.

Dans ses yeux je retrouve l'harmonie et les dissonances du monde. Je navigue entre le beau et le pire, entre l'âcre et le suave, entre pièges et liberté.

Je découvre ma lointaine origine ; celle de ma mère, de mes enfants, et des leurs. Ainsi de suite. De l'avant à l'arrière, de l'arrière à l'avant : il n'y a plus de cloisons, plus de rupture. Ses yeux nous dépeignent. J'y découvre nos réflexes, nos reflets.

Mes bras se tendent puis se détendent. Mes doigts s'étirent puis se relâchent, pour guider la lente élévation de Lucy.

Peu à peu, j'ai desserré les mains ; peu à peu, j'ai libéré celles de Lucy, et je l'ai vue : toute seule, debout.

J'ai contemplé Lucy, verticale et redressée, traçant ses premiers pas...

* *
*

Elle avance une patte après l'autre, en titubant. Elle avance sous mon regard. Je tremble à mon tour. À mon tour, je la couve des yeux.

Elle y arrivera. Elle y arrive.

Rien n'aura fait autant pour l'humanité que cette minuscule empreinte, qu'elle trace et retrace si laborieusement.

Maintenant, je n'ai plus qu'à disparaître ; qu'à pénétrer à rebours dans le déroulement du temps.

Maintenant, il me reste à sombrer dans le sommeil sans rêve, dans cet immense espace neutre, sachant qu'un jour je naîtrai, et que je le désire. Sachant, en cette seconde, que j'atteindrai peut-être le deuxième millénaire, et que je le souhaite.

Rescapée de cette non-vie qui m'a faussement tentée, je m'engage, sans anxiété, dans cette torpeur provisoire sachant que, plus loin : j'existerai !

Cette vie, je la révérerai, je la veux. J'en ferai mon affaire, quoi qu'il advienne.

En cet instant, je suis prête à m'éteindre parce qu'à des millions d'années d'ici, je vais naître !...

* *
*

Que l'univers déroule, comme il se doit, son histoire. Que Lucy accomplisse son dessein.

C'est joué. Nous existerons !

Par la grâce de Lucy, j'existerai, tu existeras, nous existerons.

J'accéderai au monde et à son mystère. J'accepterai l'énigme. Je consentirai au combat.

* *
*

Vois, Lucy, j'avance à mon tour.

Vois, Lucy, comme je viens, comme je me veux, comme je nous veux : tous vivants.

Vois, la Vie : nous voilà...

Vois combien la Vie nous désire et combien, par milliards, nous lui répondrons.

ÉTAPES

L'appel 11

Le crime 47

Le désir 73

*Achevé d'imprimer en mars 1998
sur presse Cameron
par **Bussière Camedan Imprimeries**
à Saint-Amand-Montrond (Cher)
pour les éditions FLAMMARION*

— N° d'édit. : FF755101. — N° d'imp. : 981361/1. —
Dépôt légal : mars 1998.

Imprimé en France